父を抱く

山本幸子詩集

Yamamoto Yukiko

編集工房ノア

詩集『父を抱く』　目次

一

装画　山本幸子
装幀　森本良成

一

頬

古い都の街角で
青年が赤い表紙のガイドブックを広げている
顔をあげて　青空を見上げる
バラ色の頬に　微笑が浮かぶ
世界は彼の周囲で　たのしげに笑っていた
彼は自分の立ち位置が見えている
そこにしっかり立っている
ちいさく迷って
次の一歩を　これから始める

わたしは人生を始めたばかりで　踏み迷って
生まれ育った古い都の
見慣れた街角で
心細く立っていた

わたしは自分が苦しいということが　わかっていた
周囲にやさしい人たちがいることも　わかっていた
何がどう苦しいと　言うことができたら
その人たちは　助けてくれたろう
何がどう苦しいと　言えないわたしは
立ち尽くすしかなかった

長い長い年月が過ぎ

すこしずつ　立ち位置が見えてきて
周囲の空気がなごんできたころ
友だちの一人が言ってくれた
「だいじょうぶ
あなたはもう　戻らないよ」

あの日の青空よ
赤い表紙のガイドブックよ
バラ色の頬よ
ありがとう

白光

心が苦しかった二十歳代
何がどう苦しいと　言えなくて
酔いつぶれては
やさしくしてくれる誰彼に
泣いてすがって
からんで

言わな　わからへんがな

と　やさしく言ってもらっても
ただ泣くことしかできなくて

わたしに憎い敵があったとしても
その敵にも　この苦しみを味わわせたいと　思わない
そう思っていた
あの日々

その日々が　このごろ
振り返ると
白光を放っている

命がけで苦しんだ
あの日々

宇宙の始まりは
ものすごい質量の微粒子だったそうだ
ものすごい質量の苦に押しひしがれていた
あの日々が　わたしの出発点だった

命の弱まりにつれて
輝きを増してくる
遠い日々

あんたはエエなぁ

友だちの一人に　親身の助言をされた
それを母に伝えた時
母は即座に言った
「あんたはエエなぁ
エエ友だちがある」
それ以上は　言わなかった

母の最晩年　わたしが　つらい記憶を打ち明けた時

母は不思議なものを見る目で　わたしを見た
それから　目を逸らせた

何も言わなかった

母は極貧の家に生まれて
七歳の夏　前借金で奉公に出た
父親の言いなりに　奉公先を転々とした
どこでも素直に　いっしょうけんめい　ほがらかにはたらいて
かわいがられた

親にまとまった金が必要になり
前借金で　芸妓奉公をした
売れっ子になって　一本立ちの芸妓になった

あとから芸妓になった妹を引き立てて
妹も一本立ちにならせた
その妹は結核で早世した

芸妓をやめたあと　芸妓時代の客と結婚した
夫は家庭内暴力を振るう人だった
子どものために　と　がまんした

「あんたはエエなぁ」
母の肉声が聞こえる

母の戦争

戦争中は　よかった

清一が兵隊に行ってた間
暴力受けへんかった

爆弾はわたし一人の上に落ちるのやない
みんなの上に　公平に落ちる

わたしみたいな人が　ほかにもいるはずや

父が大陸で闘っていたころのある日　母は占い師を訪ねた
　この人は　帰ってきます
部隊が全滅しても　一人だけでも帰ってきます
あんたはんがつかまえてはるからどす

＊

幼いころのある日　母に責められたことがある
　おとーちゃんに似てる
わたしは必死で抗議した
　似てへん　似てへん

いや　似てる

幼心にも　母のことばは理不尽だった
わたしは　いじけて爪を噛み
その悪癖を　母に厳しく責められた

行かんといて

どこ行くの
いつ帰るの

行かんといて
連れて行って

老母がわたしにすがってくる

極貧の両親のもとに生まれて

ものごころつくなり　家をささえて
たった一度も　あまえなかった母
わたしは末っ子であまえん坊だから
母の気持ちがわかる

でも

ふりほどく

　おかぁはん　かんにん
　うちも　生きんならんのや

もう　ええか

なくなる数か月前だった。母がわたしに、ひどく甘える。

「うち、おかあはんに、甘えさせてもろたこと、ない。そやのに、そんなうちに、甘えるのか？」

母は、一呼吸、間を置いて、

「甘えたかったけど、甘えられへんかったんや。ずーっと」

母は七歳の夏、父親の言うままに、前借金で奉公に出た。はじめての藪入りに帰宅したら、母親が不憫がって、好物を料理した。奉公先に戻る気力が、どうしても、出ない。数日日延べして、自分を引き剥がすようにして、奉公先に戻った。

（このつらさは、かなん。もう、藪入りにも、実家に戻らへん）

そう決心して。


奉公先では、二度泣いた。

一度は、にんじんを刻めと命じられて。まな板の上で、にんじんが逃げて、どうしても、刻めなかった時。

一度は、寒い夜、入浴時に洗った下着を物干し場で干そうとして、濡れた洗濯物が凍って、干せなかった時。


父親の言いなりに、奉公先を変わって。

父親のために、まとまった金を作ろうと、芸妓になって。

この男ならと思って、結婚した男が、家庭内暴力を振るい。

子どものためにと、死んだ気になって、夫のもとにとどまり。
自分がもらえなかったものを、子どもたちには、与えたくて。
母はいつも必死で、子どもの目にも、甘える隙がなかった。

九十二歳で、なくなって。
それから、五年。

母の後ろ姿が　小さく遠ざかる

一人で　行けるか
もう　ええか

封印

もの心がついた時
肩の上に　荷物があった
足の下に　地面はなかった
深い沼の上で
荷を負って　跳ねるしかなかった

跳ねて生きるしかなかった悲しみを
収めて　きっちり封印して
沼に沈めよう

悲しみが重なった　それも収めて
きっちり封印して
沈めよう

悲しみも　苦しみも
みんな　なかったことにして
せめて　ほがらかに生きよう

生まれた子どもは地面に立たせたくて
沼の上に　身を展じて
その上に　そっと載せる
子どもには　大地の安定を
自分自身は　跳ねつづけながら

わたしがこのまま　黙って死んだら
わたしの糞いが大地と現じて
その上で　子や孫が安らげますように

最期の苦しみを
こらえる

＊母の命日に

たより

母を密葬する日
僧侶の読経がはじまって間もなく
声が響きはじめた

胸いっぱい吸いこんだ息を吐くように
高い声が　大きく
　　あーあー

台湾人の尼僧とわたしが聞いた

　お母さんの声が聞こえましたね
　執着から解き放たれたんですね

三なのかのころ　はじめて母の夢をみた
地蔵菩薩が描かれた着物や
人が輪になって踊る絵柄の着物を持っていた

　それはいいたよりです
　お母さんが知らせてきたんですよ

百か日のころ　両親の夢をみた
普通の夫婦のように　なごやかに話していた

生前　あれほど不仲だったのに
おかぁはん　仲直りしたんやね
よかったね

水鳥

葦の根方に鳥が遊ぶ
鳥の子色と利休白茶の地に
墨彩でざっと描かれた葦と水鳥

母の遺品の呉服類は　雑然としていた
母のもの
母方の祖母のもの
呉服屋だった母の商品
それらが識別されだしたのは

母の死後のことだった

水鳥の柄の襦袢は祖母のもののようだ
地主の末に生まれてわがままに育ち
縁あって嫁いだ相手が落魄して　極貧の暮らしになり
和裁の手内職で家計を助けたが
実家からもらった金は自分のへそくりとして　離さず
自分の上質の着物を　手放すこともしなかった

七歳から奉公に出た私の母の　奉公先に来る時は
「あんたのお母はん　お茶のせんせか」
同僚がいぶかしむ　上品な着物姿だった

老後は母の弟妹の家を順に巡って世話になった

祖母の生活費は　母が弟妹に与えた

老いて　弱って
母の弟妹が持て余すようになった日々
「姉ちゃんに迷惑かける」
そう言った夜　医師からもらい溜めた薬を全部飲み
翌朝　寝床で冷たくなっていた

片足を挙げて立つ水鳥は
微笑んでいるようにも見える

正月

子どものころ
ライオンはさみしくて吠えているのだと思っていた
大草原の孤独はさぞかし　と共感していた

それから五十年
一人の時間をたのしむのが　一向にうまくならない

老母を一人残して長い旅をした
いくつもの夏

いくつもの冬

親きょうだいがいたからこそ
わたしは一人旅をしたのかもしれない

一人ぼっちの日々はさみしい
正月は特にさみしい
さみしさが寒さといっしょになって食いついてくる

いくつもの山の会に入って　日程表を予定で埋める
財布の許す範囲内で　稽古ごとをする
気の置けない友だちと　くつろいだ時間を過ごす
トラブルに巻き込まれた時には　相談相手をさがす
図書館に通って　読書を趣味とする

散歩していると　顔見知りが挨拶してくれる
この暮らしに　何が不足なのか

観光客が往来する道に面した窓の内にいて
表通りの賑わいが身を責める

日暮れが近づいて　少し賑わいがおさまった
ささやかなおせちと酒で　ひとりの宴をしよう
友だちからの賀状を友として

たからもの

庭の金柑の木の枝に
揚羽蝶の幼虫が二匹
十一月の雨に濡れている
葉を食べる元気もないようだ

もう生きられないね

お前たちの母親は
できる精いっぱいをしたのだろう

わたしの母も　精いっぱい生きて
子どもたちに　痛みの多い生存を遺した

母からもらった
この命を生きる

かさぶた

なんとなく　しんどいのだった
どうしたの　とたずねられても
しんどいことが　わかるだけで

からだが　重く
呼吸が　苦しく
けがや病気の　多い日々で
悪気のない人が　まぶしいようで

悪気のある人が　気やすいようで
われながら　人付き合いが下手で

一見すべすべな　かさぶたの下に
秘密があるようで

かさぶたを　はがして　傷口をしぼると
どろどろした膿が　滲み出てきて
ほんのすこし　らくになり

翌日　また　気になって
しぼると　また　膿が出て
その翌日
その翌日

まだまだ深い底から
いっそう重苦しく　膿が滲みてきて

趣味のような　病気のような
重い繰り返しの日々を重ねて

気づくと　膿がさらさらしてきて
傷の底が　浅くなって
なんだか　軽いようで

宿題

うつくしい　早緑の谷の底で
ひとりで　とほうにくれている

さっきまで一緒だった友人たちと　はぐれてしまった
どこでどう間違ったのか　わからない

歩きはじめるしか　ないのだけれども

いつもこうだ

わたしひとりが　はぐれものになる
わたしは　解決しなくちゃいけない
でも　何を解決するのかが　わからない
えたいの知れない宿題が　わたしの背に重い

せっかちに歩きはじめるのは　考えものだ
落ち着いて
心を澄ませて
宿題の正体に思いをはせる

それにしても
世界はなんとうつくしいのだろう

このまま　ここで
早緑の底にいるわけには　ゆかないものか

ここにいる安らぎを捨てて
また　苦しい旅に出る
あてもないのに

ほぐす

何かになろうとしなくて　いい
そのままのあなたで　いい
「なるBecome」より「あるBe」が大事だよ
と　言ってくれた友だち

わたしの中に「ある」
もつれた　かたまり
フェルト状
いくつも

もの心ついて以来の痛み
ひとつひとつが　ぎゅっとつまって

始めては　断念した
勉強
仕事
趣味
人間関係
みんな　大切な　「わたし」

そっと手にとって
息を吹きかけて
手がかりをさがす

そっとつまんで
あやすように
ほぐしてゆく

ほぐしながら
紡ぐことをかんがえる
本然の「わたし」に向かって

たゆまず

手をつないで

あんたやったんやねー

わたしの中に　いつもいた
じーっと隠れて

自分でもわからなかった
長い間の　行動の謎

不器用に空気を読んで

いい子でいるのに精いっぱいで
それに疲れて爆発して
「変な人」って言われて
すっこんで
また　じーっと隠れて
その繰り返し

父が暴力を振るう家庭の末に生まれて
ひとに助けてもらえるということを　知らずに育った

縮んで　縮んで
原初の宇宙みたいに小さくなって
あんまり苦しくて
わーっと　はじけて　気づいたら

足もとに　三歳くらいの女の子がいて
わたしを見上げている

ずーっと　隠れてたんやねぇ
よっぽど　こわかったんやねぇ

これからは　わたしがあんたを助けるよ

手をつないで　歩こうね
あんたの速さでね

ありがとう

暗闇の中で　目を開くと
ひとつ　またたく

遠い日に　インドの田舎で
孤立無援だった時
寄り添ってくれた　一匹の犬

　ここにいるよ
友だちだよ

またひとつ　またたく

人間がとてもこわかったころ
京都郊外の原生林が　友だちだった
みずみずしい　深い森を
思い浮かべて　こらえた日々

あの森は　四十年の間に　病み衰えて
乾ききって

その森の奥に
もうひとつ　森があって
その奥で

一本の老いたブナが

灰色の幹には
苔のまだら模様
枝を無骨に広げて

この場所で
生きられるだけ
生きる

わたしの友だち

＊芦生原生林

すくう

泥をさぐる
手が汚れる
指先に泥が詰まる
傷がつく

かまわず　さぐる

触角のようにふるえる指先

止められない

これか

すくい出したものを
きれいな水で洗う
水がしみて　手が痛い

ちがった

また　さぐる
手が痛む　が
止められない

これか

これか

長い作業の果てに　すくいあてた
一粒の光るものを
地蔵菩薩に供えて
合掌する

これを抱いていた泥の痛みを
どうか　すくってください

軍隊

仏画の一隅で、
いかめしい武具を身につけて、神将たちが集まっている。ものものしい。

　神仏の世界にも、戦いがあるのか
いぶかしく思ってきた。

半生を振り返って、その時その時、助けてくれた人や存在に、
生きている間に、「ありがとう」が言いたくて、

ありがとう
　ありがとう

思い出しては、あいさつする内に、

ひしひし
ひしひし

わたしを助けてくれた人や存在が
いかめしい武具を身につけて
集結する気配

そうだったのか
知らなかった

わたしの半生の　苦しかったその時　その時
あなた方が　わたしのために　戦ってくれていたのだ
そうでなくて
どうして　わたしの「今」があるものか

今　この瞬間にも　わたしの頭上に
いかめしく　にぎにぎしく
まなじりを決して並ぶ
神々の軍隊

声

あんたは
勉強することが　できる
調べることが　できる
話すことが　できる
書くことが　できる

勉強してくれ
調べてくれ
話してくれ

書いてくれ

わたしたちは
できないんだ

自分たちの文化を勉強することが
許されなかった

その意味が　わかるか

自分が自分であること
それがそのままで　尊いこと
自分の周りにある　自分たちの文化
それがそのままで　尊いこと

それを知らないまま　大人になって
外国人から　教えられた

あんたは
話しても　殺されない
拷問をおそれなくていい

あんたにできることを　やってくれ

生きているうちに

二

ふん

頭の上の空間にひょっとこ面がひょいと現れた。そして、迫ってくる。不気味で怖い。誰も私を助けてくれない。見回しても無駄だ。誰かがいたとしても、その人は私を助けない。そういうものなのだ。

目は開いている。目を閉じる機転がはたらかない。というより、一瞬でも目をそらすことができない。一瞬の油断もできない。力いっぱい見つめている。実のところは、見えているものを、「ない」ことにしたい。全身をこわばらせて、怖いことが過ぎ去るのを、ひたすら待っている。

怖いのだけれども、いや、怖いからこそ、目が離せない。全神経を目に集めている。逃げる隙を見逃さないために。

自分では、何もできない。一生懸命、ただ待っている。何を待っているのか。救いが来るのを待っている。救いが来るという保証はない。すべてが、私の力を超えている。


不意に、ひょっとこ面が父の顔になる。「ふん」といった不機嫌な表情だ。ひょっとこ面も怖いが、「ふん」も怖い。できることは、全力で「ふん」を見据え続けることだけだ。逃げる隙を見逃さないために。

「ふん」が動く。緊張がさらに高まって、何かが切れそうだ。一生懸命「ふん」を見つめる。

「ふん」が

「ふん」

と言った。

そして、「お前なんか」という表情になって、

私から目をそらす。

今だ。

私はこそこそと「ふん」から逃げる。

父のために　母のために

聖山巡礼は　生涯に三度おこなうのが望ましい
一度目は父のために
二度目は母のために
三度目は自分のために

父のために
母のために
一切衆生のために

人々は祈りながら
聖なる存在を巡り
経文を収めた筒を回す

地獄　餓鬼　畜生　修羅　人　天
六つの生存状態を経巡る輪廻の世は
この世のことではあるまいか

やさしい存在に痛みを受けとめてもらって
すこしらくになり
またおこる痛みを　また受けとめてもらって
わたしはだんだん　人間になるようで

この世でのわたしの父　わたしの母の

苦しかった生存での痛みまでもを
わたしのこの生で　いやすのだろうか

久遠の時間の流れの中で
父であり母であった　無量の存在よ
それらを振り返り
供養しながら
また向き直って
自分自身の今生を生きる

ゆっくりだ

ががんぼ

山麓の名刹は学問寺でもあって
月に一度　学僧が招かれて講筵が設けられる
寺宝がさりげなく置かれた部屋で
住職は作務衣姿で立ち働いて　世話係だ
今日は曼荼羅の作法が説かれる
　きれいにして　立派に飾らな　あきません
　尊格に降りていただくのですからね
仏の心のはたらきを象徴するのが仏塔や寺院建築で

寺院そのものが曼荼羅でもある
一区切りに　食事が供される
師僧を囲んでいただく　心づくしの手料理
その昔　釈尊もこのように供養を受けられたのだろうか
餓鬼道の生き物は食べ物が火や汚物になって　食べられない
僧から与えられた食べ物だけが　喉を通る
食べ物も知識も　受け取るのには作法があるのだろう
迷い込んだががんぼが一匹
ゆらゆらと漂っている

ここにいれば　彼は死ぬしかないが
捕まえて逃がそうとするのは　死を早めるだけだろう

正しい教えに会うことの難しさは
大海に漂う盲目の亀が
浮き木に遭うことにたとえられる

ががんぼ　ががんぼ
あんたはここへ　来たかったのんか
教えを聴いてから　死にたかったのんか
よかったなぁ

こんにちは

創成期の宇宙は　超高密度の微小粒子だった
それが膨張し
どんどん膨張し
今も膨張し続けている

大きな虚空を内に抱いて
宇宙はさみしくないのだろうか
真空の中にぽつんと浮かぶ天体は

互いに無関係なようでいて
悠久の時空をへだてて
互いを　とらえ合っているのだろう

銀河系宇宙の中の
太陽系の中の
地球という星の上で
引力に支えられて生きる存在たち
ぽつんと　ただひとりある　わたしたちは
互いに　ほのかに　とらえ合いながら

悠久の時空をへだてた存在どうしが
ふと出遭う

こんにちは
あなたの物語を　はなしてください
わたしに

ある時には

ある時には
砂の壁をよじ登るようであった
必死で登っても　ぐずぐずと崩れ落ちて
砂まみれの疲労だけが残った

ある時には
巻貝の中にいるようであった
がんじがらめの中でもがけば　もがくほど
周囲が狭まり　苦しさが増した

ある時　わたしは
生き埋めになっている自分を見いだした

仰向けのわたしに覆いかぶさる　重い蓋を
押す　押す
絶望的な闘い

素手で　爪を剥がしながら
体を覆う　土と闘う

偽りに覆われていることだけが　わかっていた

ふと　顔の上が軽くなった

空が見えた
風を感じた
人々の笑顔が湧き出た

わたしは今　地上にいる

わたしの眼前で
かつての謎に満ちた場面場面が
ジグソーパズルの一枚一枚のようになって
像を結びはじめる

さわ　さわ

雨の朝

さわ
さわ
さわ

ええよ
ゆっくりしぃ
疲れてるのんやろぅ

がんばって　がんばって　生きてきたやん
しんどい関係のふた親のもとに生まれて
やさしい空気　いうもん　知らんできた
ひとのやさしさが　分からんかった

もがけば　もがくほど
苦しぃなって

このごろやなぁ
ひとがわたしにやさしい
て　思うことがたびたびになって

もう　がんばらんでええよ

神さん　仏さんが　いやはる
任しといたらええのや
迎え取って　くれはる
ゆっくりしぃ

ありがとう（二）

言葉の通じない異国のひとり旅で
困っているところを助けてくれた人に
　ありがとうございます
と言ったら
　とんでもない
ありがとうはこっちが言うことですよ

　あんた　危のうて　見てられへん
と言って　なにかと助けてくれる人に

ありがとう
と言ったら
そんなこと言うことない
わたしはあんたに特別なことしてへん
誰にでもすることしてるだけや

＊

台湾東部の原住民族アミ族のアミ語には
「ありがとう」にあたる言葉がないそうだ
「女性が家督を継ぐ母系制社会」
「何かをあげること、もらうこと、そして何かをしてあ
げること、してもらうことはごく当たり前の行為であっ

て、わざわざ感謝の意を伝える必要がなかったのではないか。」*

*

振り仰いで
誰にともなく
心の中で
　ありがとう

*酒井充子『台湾人生』

千回も万回も

盲導犬候補ハッピーは
生後間もなく　ある家庭に預けられ
若い父母と三人の子どもたちに
愛情いっぱいで育てられた
それから　盲導犬訓練が開始され
人間を信じる資質の盲導犬になる

＊

空気というものは
ひび割れ　緊張しているものだった
尖った破片が満ち満ちて

　母こそは　命のいずみ
　いとし子を　胸にいだきて　ほほ笑めり*

小学校で習った歌が好きだった
何度も何度も　一人で歌った
そして
いぶかしんだ
あこがれた

そんなわたしに

友だちだよ
　味方だよと
千回も万回も言ってください
何度言われても
わからないのです
でも　言ってください

＊「母の歌」野上弥生子作詞、文部省唱歌

世界は

正念を失う少し前に母が言った

ここを越さんならん

そして　越していった

＊

一人で山を歩いた遠い日々に出会った

足元の地面で跳ねるミミズ
足を置こうとする石の上のヒキガエル
一文字に寝そべるマムシ
マムシに睨まれてすくむヒキガエル
わたしに気づいて　跳びあがって逃げる仔ウサギ
藪陰に小さくなって母を待つ仔ジカ
全身汗びっしょりになって立ちすくむ仔カモシカ
足を痛めたか　三本足でよろめき歩く仔イノシシ

心折れそうになって　ふと電話をかけた日
わたしのことばを背骨で受け止めて
背骨から発することばで応えてくれた
難病に苦しむ友だち

みんな　いっしょうけんめい生きていた

わたしの前に　地面はない
空に向かって　思い切って踏み出して　ふと
宙に浮いたわたしの足下に
地面ができているのに気づく

わたしは空に向かって進むしかない
ここを越さんならん　その日まで
進むわたしの眼前で
世界は一瞬一瞬あたらしい

ねばならない

「ねばならない」がやってくる
父の顔してやってくる
母の顔してやってくる
きょうだいたちの顔してやってくる

遅刻と忘れ物の常習犯で宿題をしない小学生だった
先生にいくら叱られても　直らなかった
受験戦争に突入するまでは

大きな「ねばならない」を命がけで越した
が　その先に平安はなかった

次から次へと
「ねばならない」はやってくる

リュック一つを味方にして
長い山旅をした
ネパールやチベットを旅した
ヒグマにもマムシにも遭ったけど
「ねばならない」より怖いものには遭わなかった

＊

子どものころ　風邪を引いて寝込むと
「ねばならない」が姿を消した
父も母もやさしかった
少女雑誌を買ってもらえて
枕元に果物が置かれてあった

*

父の命日
久しぶりに墓に詣でて
父が好んだ銘柄の酒を汲む

解凍　わたしの父

彼が三歳のころ生母が死んだ
養子婿だった実父は離縁されて家を出て
彼は窯元だった母方の祖父に養われた
祖父はむら気で横暴な人だった

成績優秀だったが　小学校の担任には嫌われた
旧制中学に進学して数年後　祖父が死んだ
叔父たちに嫌がらせをされるようで　不快で
彼は中学を退学して祖父の家業を継いだ

成人後　なじんだ芸妓が落籍していて
彼は彼女と結婚した
彼女が芸妓だったことは　周囲に内緒にした

第一子が生まれたころ　妻子に暴力を振るうようになり
妻は離婚したがったが　応じなかった
妻は食堂経営・株の売買・衣料雑貨店経営と世才に長け
彼の暴力に苦しみながらも　芯は譲らなかった

子どもが順に五人生まれたが
彼らがのびのびとしているのが　彼の気に入らなかった
笑い声をあげるなど　もってのほかだった
修学旅行に行かせなかったこともある

子どもに自分以上の学歴をつけさせるのが　いやだった
子どもたちは彼に隠れて勉強し　妻の支援で進学した

窯元はとうに止めて　公務員をしていたが
家計には自分の食費を入れるだけだった
停年退職したころ　遂に離婚に応じ
離婚同様という約束で別居した

二十年の独居の後　彼は病死した
子どもの内の数人が枕頭にいた

解凍（二）

父親の顔をして
苦が押し寄せてくる
白目を剥いている

父の目につかないように
いっしょうけんめい
気配を殺す
父の表情から目をそらさず

叱られる
弁解は
億万倍の叱責になって返ってくる
ただ　耐えるしかない

小さくなって
もっと　もっと
小さくなって

真っ白な
長い　長い時間

凍ってゆく自分

もうええ
行き

母の声が降ってきて
子ども部屋に逃げ込む

思い出すにつれて
壊死していた芯に
血が通いだす
痛み

解凍（三）

大学進学後のわたしに　父は不快なだけの存在だった
顔を見ていない時は　存在を忘れた
一か月間の欧州旅行から帰った日は
父の顔を見て　仰天した
旅先でしのんだわが家に　父の像はなかったので

父がついに別居に応じ
子ども五人から　百万円ずつを要求して出たあとは
どこかでばったり会うのでは　との不安が残った

父危篤の連絡を受けた夜
わたしは一人の部屋で転げ回って泣いた
見舞ったら　わたしは父を恨んで殺すだけだろう
そう思って　見舞いは控えた
葬儀にも行かなかった

そのころからしばらく　悪夢に苦しんだ
人を殺して
返り血を浴びて目覚める朝が続いた

殺されそうになって
必死で刺すのだった

殺されそうな恐怖感が
父の虐待下の感覚だ　と思いあたって

父の好みの酒を買い
それを提げて父の墓に詣でた
墓に対して　話しかけ　酒を飲んだ
墓石の横に　父の拗ねた後ろ姿が見えた

その日から
人を殺す夢を見なくなった

花の名は

いただいたバラは
さみしいほどに優しい薄紫で
花生けの中ですこしずつしおれながら
ろくな世話も受けずに冬を越した

浅い春になり
バラはいっそうしおれて
でも　葉はいきいきと緑で
茎の下には白い根が生えていた

生きてくれるのか

小さな庭の
日当たりの良い場所に植えて
たっぷり水を与えた

バラは見るたびにやつれを増し
でも　葉はいきいきと伸び育ち
スイセン　ボケ　スミレ
日を追って草は萌え　花は咲き
バラは萌え立つ命の中に小さく埋もれてゆく

わたしはバラに
父の名で呼びかける
不器用に生き　さみしく死んだ

お父さん
思い返せば
わたしはあなたに　そっくりです
不器用に生きてきて
さみしく病んでいます

釈尊の誕生日に
庭の片隅で蛹が羽化した
黒い揚羽蝶が
庭の上でゆっくり旋回してから
広い世界に出発していった

花

悲しいほどにやさしい薄紫のバラだった
切り花を庭に植えて　数か月
花は枯れたが　茎は伸び　葉をつけ
先端に花芽を発見したのが
「父の日」だった

花芽はしだいにふくらみ
ふっくらと咲いたのは
ローズピンクの小ぶりの花

お父さん
　これが本然のあなたですか

母とは死別し
父とは生別し
屈折した環境で育ったあなたは

結婚後　家に父母の位牌を置くことを許さなかった

賢くて　感性するどく　嘘のない人だったが
その美質を伸ばさなかった

父母をないものにして生き

自分を卑下し
家族が伸び育つのを嫌った

さびしい晩年の末　死病を得た床で
その日が春の彼岸の中日であることを聞いて
延命装置を外すのを望み
生母に抱かれる幻覚の中で逝った

わざと影薄く生きた男の
誕生日は　八月六日
命日は　三月二十一日

机

九月四日の台風のどさくさに家に迷い込んだヤモリを
九月二十六日発見する
痩せて小柄になって畳の上で上体を反らせている
捕らえて庭に放す　その庭で
父のバラが二つ目の蕾をふくらませている

仏壇に線香を供えて
仏　父　母
三者を順に拝する

この棚は陶器屋時代の父が誂えた陳列棚だ
その一隅を仏壇にしている
父の遺影の傍にある深紅の漆塗りのオルゴールは
幼いころ　父から貰ったものだ
長じてからは　鳴らすことはなかったが
なぜか　引っ越しの度に持ち運んだ

幼いころ　父に連れられて
町なかの百貨店へ行った
地下の食品売り場でわたしがキャンディーを選び
持ち帰ったキャンディーを家族それぞれに分配する

すき焼きをする際は　父が鍋奉行だ

上手にさばく
　肉ばっかり食べたらあかん
そう諭しながら

父の愛用の机はいつの間にかわたしのものになっていた
これも　引っ越しの度に持ち運んだ
その机に頬杖を突く

　お父さん
　なぜ
　今になるまで隠れていたのですか

ひりひり

ひりひりするわぁ
生きてると
ひりひりすることの連続や

体は怪我する
病気する
心も怪我する
病気する

怪我して
病気して
縮こまってたら
ますます生きにくぅなる

どないしたらエエねん

そうかと思ぅたら
思わんとこから
助けがくる
おおきに　て言うたら
そんなこと言わんでもエエ　言われる

そうかと思ぅたら

誰でもみんなしんどいのやで　て言われる

昔　つらかった時に
見守ってくれてた人があった
そのことに今気づいても
もう遅いやん

遅いことないでぇ
生きてる間は
何とかなる

父を抱く

春の彼岸のころ
永代念仏の願いをかなえるために
鳥辺野墓地から宗祖親鸞を囲む総墓へと
父の骨を移す

わたしの喜びを　ひとが喜んでくれ
わたしの悲しみを　ひとが悲しんでくれる
ことばにすれば当たり前の　かんたんなことが
とんでもない不遜な夢だった

三歳で生母に死別し
虐待下で育った父よ

わたしの存在の内奥に
餓鬼のようなものがいて
愛してほしいと　喚きながら
どんどんと　わたしの内壁を叩く

妻や子に　暴力を振るうしかなかった父の
寒さの残る骨を抱いて
花冷えの京都市街に向かって
墓原の道を下る

蓮は泥田に咲く

父よ
わたしはあなたの
苦の生存を
受け止めます

南天

表通りに面した窓の外でやさしい声がする
「生きるのやで　枝を伸ばしてなぁ」
急いで外に出ると
小型犬の綱を引いて遠ざかる男性の後ろ姿

声がした位置には
南天の鉢が　一か月前から
すべての葉を落として棒杭状態だ

わたしの失敗だ
東北の鬼門で難を転じてくれていたのに
よその人が気にかけてくれるのに
わたしが見捨ててよいものか

幹を半ばで切り戻して
たっぷり水を与えた

それから一週間か
二週間か

気づくと
幹から数葉の葉が伸びて開いている

いい姿だ　盆栽みたいに

わたしの父と母は共に痛ましい生い立ちだった
わたしはその続きを生きてきたのだった

　　助けられてきたのやなあ

風雪に耐えて味のある姿になった
尾根上の松を思う

山本幸子（やまもと・ゆきこ）
1947年　京都市生まれ
詩誌「アリゼ」同人。日本現代詩人会会員。紫野句会会員
詩集『上流の虫』(編集工房ノア)
　　『山上の池（ゴサインクンド）』(砂子屋書房)
　　『母を食べる』(編集工房ノア)
　　『テルマ』(湯川書房)
山本フミ子自分史
　　『わたしは泣かない』（アスタリスク）
　　（2003年　NHK 学園自分史文学賞優秀賞受賞）
　　『天神さんからはじまった』(洛西書院)
エッセー『チベットひとり旅』(法蔵館)
現住所（〒605-0862）京都市東山区清水新道541

父《ちち》を抱《だ》く
二〇二三年三月二十一日発行
著　者　山本幸子
発行者　涸沢純平
発行所　株式会社編集工房ノア
〒五三一—〇〇七一
大阪市北区中津三—一七—五
電話〇六（六三七三）三六四一
ＦＡＸ〇六（六三七三）三六四二
振替〇〇九四〇—七—三〇六四五七
組版　株式会社四国写研
印刷製本　亜細亜印刷株式会社

ISBN978-4-89271-367-5